La honte de ma vie

Catalogage avant publication de Bibliothèque et Archives nationales du Québec et Bibliothèque et Archives Canada

Mercier, Johanne

La honte de ma vie

(Le Trio rigolo ; 14)
Pour les jeunes de 10 ans et plus.

ISBN 978-2-89591-063-3

I. Cantin, Reynald. II. Vachon, Hélène, 1947- . III. Rousseau, May, 1957- .
IV. Titre. V. Collection : Mercier, Johanne. Trio rigolo ; 14.

PS8576.E687H66 2009   jC843'.54   C2008-941863-8
PS9576.E687H66 2009

Tous droits réservés
Dépôts légaux : 1er trimestre 2009
Bibliothèque nationale du Québec
Bibliothèque nationale du Canada
ISBN 978-2-89591-063-3

© 2009 Les éditions FouLire inc.
4339, rue des Bécassines
Québec (Québec) G1G 1V5
CANADA
Téléphone : 418 628-4029
Sans frais depuis l'Amérique du Nord : 1 877 628-4029
Télécopie : 418 628-4801
info@foulire.com

Les éditions FouLire reconnaissent l'aide financière du gouvernement du Canada par l'entremise du Programme d'aide au développement de l'industrie de l'édition (PADIÉ) pour leurs activités d'édition.

Elles remercient la Société de développement des entreprises culturelles du Québec (SODEC) pour son aide à l'édition et à la promotion.

Elles remercient également le Conseil des Arts du Canada de l'aide accordée à son programme de publication.

Gouvernement du Québec – Programme de crédit d'impôt pour l'édition de livres – gestion SODEC.

100%

Imprimé avec de l'encre végétale sur du papier Rolland Enviro 100, contenant 100% de fibres recyclées postconsommation, certifié Éco-Logo, procédé sans chlore et fabriqué à partir d'énergie biogaz.

IMPRIMÉ AU CANADA/PRINTED IN CANADA

La honte de ma vie

AUTEURS ET PERSONNAGES:

JOHANNE MERCIER • *Laurence*
REYNALD CANTIN • *Yo*
HÉLÈNE VACHON • *Daphné*

ILLUSTRATRICE:

MAY ROUSSEAU

Le Trio rigolo

LAURENCE

«– Tu nous vois vraiment
aller sonner aux portes
et dire aux gens qui
nous commanditeraient :
"Bonjour, voulez-vous
m'encourager ? Je vais
me bercer pendant
24 heures en mangeant
des chips et, avec
l'argent amassé, je vais
aller me faire bronzer en
Floride" ? »

Il aurait dû prévoir le coup, monsieur Lépine. En janvier, quand il fait 40 sous zéro, on ne parle pas de la Floride à ses élèves. On ne leur montre pas des photos de plages et de palmiers. On ne vante pas le climat tropical ni la couleur des perroquets. On ne leur parle surtout pas de la magie de Walt Disney World! Malgré les apparences, vos élèves ne vous écoutent pas du tout, monsieur Lépine. Ils rêvent!

– Hé! Pourquoi on n'irait pas, toute la classe, en Floride? lance soudain Gamache, en coupant carrément la parole à notre professeur.

Éclat de rire général.

Évidemment, on s'attend tous à une réponse du genre: «Monsieur Gamache, allez plutôt parler de votre projet de Floride à la directrice!» ou encore: «Monsieur Gamache, vous allez me copier 200 fois: je ne rêverai plus jamais à la souris Miquette pendant le cours de géographie!» Mais non.

Monsieur Lépine regarde Gamache et lui répond simplement:

– Pourquoi pas?

Dix secondes de silence. Il ne nous en faut pas plus. Dans nos têtes, un grand projet de voyage s'organise.

On pourrait partir à la fin de l'année ? Pendant la relâche ou peut-être même au congé de Pâques ? Monsieur Lépine écoute nos propositions en souriant. Je le soupçonne de rêver secrètement de partir en Floride aussi.

Mais, comme il y a toujours quelqu'un quelque part pour tout gâcher, la grande Marie-Michelle, présidente du conseil étudiant, nous ramène rapidement sur terre :

– On a de la misère à financer une demi-journée de ski de fond, où voulez-vous trouver l'argent ?

– Faudrait vendre des milliers de caisses de chocolat pour y arriver, ajoute Myriam Saint-Arnaud, déjà moins souriante.

– On pourrait monter un spectacle-bénéfice! propose Gamache. On l'appel-lerait: *Rock Benefit Florida Show*! Ouais... c'est bon, ça.

– Tu penses vraiment payer 27 billets d'avion à 600 $ avec les profits d'un spectacle d'étudiants? réplique encore madame la présidente.

– En ajoutant un souper-spaghetti, un lavothon et une vente de garage, on y arriverait! précise Manon Dombrosky, qui est pire que moi en calcul.

– Monsieur Lépine, vous pouvez faire monter combien de personnes dans votre camionnette? demande Gamache.

Monsieur Lépine promet que nous reparlerons du projet de Floride plus tard et nous refile une liste de problèmes logico-mathématiques compliqués. Comme si on n'en avait pas déjà un gros à résoudre.

Les têtes se penchent au-dessus des feuilles, mais le cœur n'y est pas.

– JE L'AI! lance tout à coup Max Beaulieu, après 15 minutes de silence dans la classe.

Tout le monde sursaute. Notre professeur ne le trouve pas drôle.

– Monsieur Beaulieu, imaginez un peu le fouillis si tous les élèves se mettent à crier «Je l'ai!» chaque fois qu'ils trouvent la solution à un problème!

– Je sais comment financer notre voyage en Floride!

Vingt-six têtes se tournent vers Max.

– On va organiser un baskethon!

– C'est pas fou, s'intéresse aussitôt Carl. On pourrait affronter l'école Saint-Damien. Paraît qu'ils sont nuls au basket.

– C'est vraiment génial, ton idée, Max! s'époumone déjà la grande Marie-Michelle, qui approuve toujours ce que dit Max de toute manière. Je m'occupe de la feuille des commanditaires...

Je rêve ou quoi? Max propose qu'on joue au basketball sans arrêt et personne ne réagit? Le petit Jull, qui déteste le basket, a l'air d'accord. Mélanie Larose reste silencieuse. Aucune réaction de la part de Myriam Saint-Arnaud... J'ai sûrement mal saisi.

– On pourrait même faire un baskethon qui durerait toute la fin de semaine. L'école Brébeuf l'a déjà fait.

HÉ! HO! On revient sur terre?

Personne au monde ne peut jouer au basket toute une fin de semaine! L'être humain normal n'est pas conçu pour jouer au basket sans arrêt pendant

14

48 heures ! On aurait de plus gros mollets, des poumons plus performants, un cœur adapté aux activités extrêmes. C'est contre nature !

Je dois intervenir, proposer autre chose et vite ! J'ai la certitude que si je participe au baskethon, les choses vont mal tourner. Je vais me blesser, m'évanouir, m'écrouler, faire une folle de moi. Pas question de laisser passer ce ridicule projet ! De toute manière, qui voudra me commanditer ? Personne ne croira que je vais tenir le coup. Je vois d'ici le tableau...

Pas de commanditaires = pas de sous = pas de voyage = pas de souris Miquette !

Je serais la seule à rester ici alors que tout le monde irait se faire bronzer sous le chaud soleil de la Floride ? Oh non ! Je vais sortir de ma torpeur et montrer une facette de moi que personne ne soupçonnait. Pas question de SUBIR, je vais AGIR! Le baskethon n'aura pas lieu, c'est moi qui vous le dis!

Question de survie, donc, je lève la main.

– Oui, Laurence? fait monsieur Lépine.

– J'ai une meilleure idée de financement!

Quelques élèves jettent rapidement un œil vers moi, mais se remettent aussitôt à discuter du stupide baskethon. Mon amie Geneviève propose déjà de former les équipes. Manon Dombrosky annoncera la nouvelle dans le journal étudiant. On parle même de faire déplacer les médias...

You hou! Je peux parler?

– Attention! demande monsieur Lépine en frappant trois petits coups avec sa règle sur le bord de son bureau. On écoute la proposition de Laurence, s'il vous plaît!

Tous les yeux sont maintenant braqués sur moi.

– On devrait...

– Oui? fait monsieur Lépine.

Laurence, pense vite! Propose une idée originale, ingénieuse et surtout très payante!

– Laurence? As-tu une idée ou si...

– On devrait plutôt faire un bercethon!

– Un quoi? demande la grande Marie-Michelle en plissant le nez.

– Un bercethon. C'est exactement comme un baskethon, sauf que c'est avec une chaise berçante et c'est pas mal plus sécuritaire.

– Qu'est-ce qu'elle raconte ? demande Max à Carl.

– Je pense qu'elle veut jouer au basket en se berçant.

– Hein ?

Je m'adresse maintenant à toute la classe.

– Réfléchissez ! Jouer au basket toute la fin de semaine, ce serait beaucoup trop…

– Trop… ?

– … trop extrême ! Pensez aux risques de blessures en cas de chutes, de foulures, d'entorses, aux séquelles qu'on pourrait garder toute notre vie, si jamais…

– C'est beau, Laurence. On comprend l'idée, coupe Max.

– Qui tient à se fouler les chevilles et à garder des séquelles toute sa vie ?

– On passe au vote ?

– Minute, Max ! J'AI PAS TERMINÉ !

À vaincre sans péril, on triomphe sans gloire, mais c'est sûrement plus reposant ! Pas question d'abandonner ! Max est peut-être le leader de la classe, mais cela ne m'empêchera pas de me battre. J'apporte de nouveaux arguments.

– Imaginez le plaisir qu'on aurait à passer une nuit blanche à l'école. À se bercer pendant 24 heures en se racontant des histoires d'horreur, en mangeant des chips, tout ça en accumulant tout plein d'argent ! Ce serait simple, facile et beaucoup plus sûr !

Personne ne réagit. Même ma meilleure amie me regarde, l'air sceptique.

– Laurence, tu nous vois vraiment aller sonner aux portes et dire aux gens qui nous commanditeraient: «Bonjour, voulez-vous m'encourager? Je vais me bercer pendant 24 heures en mangeant des chips et, avec l'argent amassé, je vais aller me faire bronzer en Floride!»?

– On a juste à trouver une autre façon de présenter le projet, Geneviève!

– Mais comment veux-tu le présenter autrement?

– C'est peut-être pas nécessaire de parler des chips!

Je persiste à croire qu'accumuler des centaines de dollars en se berçant tranquillement, c'est tout à fait créatif et innovateur. Mais comment prouver à tout le monde l'efficacité d'un tel projet? En leur plaçant des chiffres sous le nez, peut-être?

Je fonce!

– Le calcul est simple : si on réussit à se bercer pendant 24 heures et que chacun de nos commanditaires donne 50 sous de l'heure et qu'on a une trentaine de commanditaires, on multiplie par le nombre d'heures, multiplié par 27 élèves, ça pourrait faire… 50 fois 30 multiplié par 24 donc, mettons 150, ça donne 0… 4 fois 5 égale zéro, je retiens 2… attendez…si j'arrondis et que personne n'abandonne, ça nous donne environ au total…

– Qui vote pour un baskethon ?

– Qui a une calculatrice ?

Surtout, ne pas laisser tomber. Maintenir la barre même si le bateau coule. C'est là qu'on reconnaît les vrais capitaines.

– Qui embarque dans le projet de baskethon ? répète encore Max, qui commence à me taper sur les nerfs.

Y a pas de place pour deux capitaines dans cette classe, Max!

– Laisse-moi terminer!

– Tu veux ajouter qu'on se bercerait en pyjama, Laurence?

– Tu vois, Max, tu peux avoir de très bonnes idées quand tu veux!

Max lève les yeux vers monsieur Lépine.

– Qu'est-ce que vous en pensez?

La cloche sonne.

Et la feuille de problèmes de maths est à terminer en devoir.

C'est évidemment Gamache qui revient avec la grande question le lendemain. À peine assis à son pupitre, il demande:

– Est-ce qu'on y va, en Floride, finalement? Faudrait en parler. Organiser le *Rock Benefit Florida Show*...

Mon amie Geneviève interrompt aussitôt Gamache:

– Moi, j'ai bien réfléchi et...

– Oui, Geneviève? fait monsieur Lépine.

Elle hésite un peu, puis déclare officiellement:

– Je trouve que l'idée du bercethon de Laurence est géniale!

– QUOI?! hurle Max Beaulieu, qui croyait la partie gagnée. Tu veux te bercer, toi aussi?

Je souris.

Geneviève poursuit:

– J'ai fait une recherche sur Internet hier soir. On peut effectivement amasser une très grosse somme d'argent en se berçant pendant 24 heures. En fait, ce serait beaucoup plus payant qu'un baskethon.

– Voyons, Geneviève, qu'est-ce que tu racontes? s'empresse évidemment de couper Max. C'est pas du tout ce que tu disais hier! Tu voulais même former les équipes.

– Tout le monde a le droit de changer d'idée, Max!

– Laurence, excuse-moi, mais je parle à Geneviève!

– En tout cas, peu importe ce que j'ai dit hier, conclut ma meilleure amie, aujourd'hui, je vote pour le bercethon!

Euh…

Oui, bon. Autant vous l'avouer, au cas où la vérité finirait par arriver à vos oreilles un de ces jours… Hier soir, j'ai promis à Geneviève de lui payer un maïs soufflé la prochaine fois qu'on ira au cinéma si elle votait pour le bercethon. Elle a exigé le format géant. On s'est entendues pour un combo nachos-boisson gazeuse format régulier si elle acceptait d'en parler devant toute la classe. Que ceci reste entre nous.

– Moi aussi, je préfère le bercethon, fait doucement Mélanie Larose. Jouer au basket pendant 48 heures, je trouve que c'est un peu long.

– Mais arrêtez de dire qu'on jouerait au basket pendant 48 heures! s'impatiente Max. On formerait des équipes, on affronterait d'autres écoles, on ferait une grande compétition, c'est tout.

– Se bercer, c'est mieux !

– Laurence, toi, on sait ce que tu penses !

– Moi aussi, je vote pour le bercethon, ose le petit Jull.

Je le jure, je n'ai rien promis à Mélanie Larose. Ni au petit Jull ni à Myriam Saint-Arnaud qui vient de se rallier au bercethon. Que voulez-vous ? Le gros bon sens finit toujours par se frayer un chemin. Comme l'eau va à la rivière et la rivière trouve son lit et tout et tout.

Monsieur Lépine, qui aime bien les débats, mais pas quand ils s'éternisent, écrit nos trois suggestions de moyens de financement au tableau. Il a l'air pressé d'en finir…

1. *Spectacle-bénéfice*

2. *Baskethon*

3. *Bercethon*

– D'autres idées ? demande-t-il.

Pas un mot.

– On passe au vote, alors !

J'exige un vote secret.

Je suis extrêmement nerveuse mais, au retour de la récré, monsieur Lépine ne laisse pas planer le suspens bien longtemps.

Il transcrit le résultat du scrutin au tableau.

Douze élèves ont voté pour le baskethon.

TREIZE pour le bercethon !!!

Et un seul pour le spectacle-bénéfice.

J'AI GAGNÉ !

J'ai peut-être soudoyé une personne, mais j'ai tout de même réussi à en convaincre 11 autres ! C'est la première grande victoire de ma vie. Le clan du basket me dévisage, Max en tête. Je plonge mes yeux dans les siens et je lui annonce :

– Ça va être tout un succès, le berce-thon, Max Beaulieu !

Entre nous, je n'ai jamais eu si peur.

– Tu vas faire un BERCETHON ?

Mon frère est mort de rire. Ça commence bien ; c'est la première personne à qui je demande de me commanditer.

– Un bercethon, c'est sûrement le moyen de financement le plus ennuyeux de la terre. C'est une idée de votre vieux prof, j'imagine ?

– Je ne te demande pas ton avis, Jules Vaillancourt! Veux-tu me commanditer?

– Un bercethon, franchement!

– Toi, maman?

– Je trouve aussi que c'est une drôle d'idée. Y a tellement d'autres moyens de financement.

– Toi, papa? Tu me donnes combien pour le bercethon?

– Je te donne 10$, mais tu déneiges l'entrée.

– Aaaaaaaaaaaaaaaaaaaaaaaaaah!

Je sors et me dirige vers le dépanneur. J'espère être un peu plus chanceuse là-bas...

Derrière le comptoir, monsieur Wong me surveille. Je crois qu'il pense que je veux commettre un vol. Voyant que je tourne en rond depuis un quart d'heure, monsieur Wong s'approche de moi, l'air suspicieux...

– Zé peux t'aider?

Comment dire?

Je lui explique que les élèves de ma classe vont se bercer pendant 24 heures et que ce serait gentil d'offrir un petit quelque chose en échange d'une publicité.

Il ne comprend pas.

– J'aimerais avoir des croustilles.

– Glatuit?

– Oui, mais... on vous ferait une publicité!

– Ici, y a lien de glatuit!

– Je sais, mais c'est pour nous encourager.

– Encoulager les jeunes à lien faire? Non melci.

– Mais on veut ramasser des sous…

– Lamassez vos sous et ensuite achetez cloustilles!

– Monsieur Wong, s'il vous plaît… c'est pour l'école.

Il n'a pas l'air content. Il se dirige vers le gros présentoir de croustilles, prend un sac de bretzels et me le donne.

– Merci, monsieur Wong.

– Ne leviens pas me demander autle chose! J'ai donné bletzels. Suffit!

C'est déjà ça.

Il me reste à trouver des commanditaires, du jus, des jeux, des films peut-être, un système de son. Tout doit être bien organisé. Il n'y aura aucune faille. Aucune bavure. Même Max Beaulieu sera impressionné.

Tout a bien été jusqu'à maintenant.

Tout va bien en ce moment.

Il n'y a aucune raison pour que tout ne soit pas parfait ce soir…

Voilà ce que je me répète sans arrêt depuis que je suis réveillée.

Le bercethon commence à 18 h. Nous avons tous accumulé en moyenne une dizaine de dollars de l'heure en commanditaires. Donc 240 $ assurés pour chacun si l'exploit est réussi.

Tout a bien été jusqu'à maintenant.

Tout va bien en ce moment.

Et il n'y a aucune raison pour que tout ne soit pas parfait ce soir…

Je sens que tout le monde est fébrile. Je donne mes dernières recommandations :

– Chaque élève a la responsabilité d'apporter sa chaise berçante, un lunch et un coussin.

– Un coussin ?

– Ou un oreiller. La doudou est fortement recommandée aussi.

J'entends Max soupirer.

– J'ai aussi une très, très bonne nouvelle. J'ai réussi à avoir le jus gratuit pour tout le monde !

– Quelle sorte de jus ? s'inquiète madame la présidente du conseil étudiant. Pas du jus hyper sucré en poudre, j'espère ?

– C'est gratuit, on ne va pas faire de caprices, Marie-Michelle !

– Parce que c'est gratuit, on va boire de la cochonnerie ?

– Monsieur Wong, le proprio du dépanneur, nous fournit gracieusement les bretzels.

– Pas des chips ?

– Des questions ?

– Si on n'aime pas les bretzels ?

– Si on aimerait mieux jouer au basket ? ajoute Max.

La vérité, c'est que je n'en peux plus. Quand on devient du jour au lendemain présidente et secrétaire-trésorière d'un important comité organisateur d'une activité de financement, c'est très difficile de faire plaisir à tout le monde. Surtout avec seulement un sac de bretzels.

Le bercethon a lieu ce soir et j'ai vraiment hâte. Hâte surtout que ce soit terminé. Depuis un mois, je cours partout, je me démène et le pire, c'est que personne ne semble reconnaissant. Aurait-il été moins épuisant de jouer au basket pendant 48 heures? Il y a des jours où je me pose la question sérieusement. Je dois garder en tête qu'au baskethon, j'aurais fait une folle de moi et que, malgré tous les efforts qu'il m'en coûte en ce moment, je garde la tête haute, je surmonte les difficultés et je suis plutôt fière.

Jour J.

Soir S, plutôt.

Il est 17 h 30. Une équipe télé est déjà sur place. Oui, avec toutes mes préoccupations et mes nombreuses responsabilités, j'ai complètement oublié de vous raconter que la chaîne régionale a accepté de venir croquer des images de notre exploit. Nous passerons donc à la fin du téléjournal de 18 h. En fait, c'est la tante de Mélanie Larose qui est journaliste et qui nous l'a offert.

Les chaises sont disposées en cercle. Évidemment, personne ne s'assoit en attendant le signal de départ. Plusieurs arrivent avec des tonnes de provisions. Heureusement qu'ils ont prévu le coup parce que je n'ai finalement qu'un baril de jus un peu louche à leur offrir et un sac de bretzels. J'avais rêvé mieux, mais bon.

17 h 50.

La tension est à son comble. Vingt-quatre heures, ça risque d'être long.

Était-ce vraiment une bonne idée ? Je sens toute la responsabilité sur mes épaules. Max me lance des torpilles avec ses yeux.

18 h 57...

– À vos marques !

Monsieur Lépine siffle le départ. C'est le début du bercethon !

Tout le monde s'assoit.

C'est parti !

Et voilà.

C'est ça.

On se berce.

Tout va bien.

C'est... tranquille.

On ne se berce pas tous au même rythme, mais ce n'est pas important.

C'est... reposant.

– C'est plate à mort! me lance Max.

Je reste positive. Vingt minutes d'écoulées et personne ne parle d'abandonner.

– Bon. Qu'est-ce qu'on fait? demande Max, évidemment de mauvaise foi.

– On se BERCE, Max! Concentre-toi!

– C'est tout? C'est pas plus organisé? On n'a pas de jeux, pas de films, pas de musique? Rien?

– On a une pause de cinq minutes à chaque heure...

– Quand je pense qu'on pourrait être en train de courir après un ballon.

– Je t'ai vu! Tu as arrêté de te bercer, Max. Hé! tout le monde! À partir de maintenant, on surveille Max qui triche!

– J'ai mal au cœur...

– Ben oui…

La journaliste s'approche de moi avec son micro et un grand sourire. Pourquoi moi ? Parce que je suis la présidente du comité organisateur, sans doute…

Je me berce avec une bonne cadence. Je regarde autour, oui, ce n'est pas pour me vanter, mais c'est moi qui ai la meilleure cadence. Je garde le rythme, je garde la forme. Si jamais mes commanditaires me voient, ils ne regretteront pas d'avoir donné des sous… Pourvu que monsieur Wong soit devant le téléviseur.

La caméra est tout près de moi. La lumière s'allume, la journaliste me demande mes impressions. Je lui réponds en souriant :

– C'est vraiment merveilleux. Tout va bien.

– Vous en avez jusqu'à 18 h demain soir, êtes-vous certaine de pouvoir tenir le coup ?

– Non, fait Max.

La journaliste tend le micro à Max.

– Au départ, on devait faire un baskethon...

– Ah ? Et pourquoi avoir changé d'idée ?

– Demandez à Miss Pantoufles !

Je berce encore plus fort ! Me traiter de Miss Pantoufles en ondes ! Je réplique.

– En tout cas, l'idée de faire un bercethon est pas mal plus originale que de... ayoooooooooooyyye !

La journaliste se tait. Recule de deux pas. La caméra aussi.

Plus personne ne parle. Je hurle de douleur.

40

La caméra zoome vers mon visage qui vire au vert. J'ai tellement mal. La caméra avance vers moi. Toujours avide d'images sensationnelles, la télé! Je place ma main devant l'objectif. Je les supplie de couper.

– Non, non... Je... aoutch!

La journaliste tente de savoir ce qui est arrivé. J'entends Max qui lui répond:

– Je pense qu'elle s'est écrasé le pied avec sa chaise…

– C'était Carmen Larose, en direct du bercethon de l'école Sainte-Jeanne. COUPEZ!

On a vraiment diffusé des images de moi dans cet état?

Je me tords de douleur, mais je berce toujours. Je n'abandonnerai pas. Monsieur Lépine me demande d'enlever mon bas. Je le fais mais en berçant encore. J'ai les orteils bleus, enflés, cassés en miettes probablement. J'ai tellement mal! Je ne pleure pas, mais les larmes coulent sans mon consentement.

– C'est pas beau, déclare monsieur Lépine en examinant l'enflure. On va à l'hôpital.

– Pas question!

– Pas le choix, Laurence!

42

Tout le monde arrête de se bercer.

La radiologiste est formelle : je garderai des séquelles toute ma vie.

– Blessure de sport ? me demande l'infirmier en me tendant les béquilles.

Je ne réponds pas.

– Ah ! que veux-tu, ma belle ? Ça arrive même aux grands athlètes ! Ce n'est pas une raison pour rester à la maison à se bercer, hein ?

– Dernière recommandation, ajoute le médecin de l'urgence : pas question de reprendre le sport au cours des six prochains mois ! Il faut donner le temps aux os de se souder.

– ...

– Pas de basket, pas de soccer, pas de tennis, pas de volley-ball, bref, les activités qui te font sauter, courir, oublie ça ! Allez, bonne chance !

J'ai su que le bercethon avait été annulé parce qu'il n'y avait plus d'adulte sur place. J'ai su aussi que Max Beaulieu avait mangé les bretzels et que personne n'avait touché au jus.

Je ne retournerai plus jamais à cette école de toute ma vie.

YO

«Je sors ma main gauche
de ma mitaine et je
lui place le bout de
mes doigts sous le nez. On
doit avoir l'air de deux filles
qui regardent leurs bobos.
J'espère que personne ne nous
observe.»

Ré, c'est mon ami Rémi. Moi, c'est Yohann et Ré m'appelle Yo. Bon.

Le problème, c'est que tous les deux, des fois, on parle trop.

Pourtant, tous les matins, quand il n'y a pas de neige, on roule en silence vers l'école. Le triste trajet, on le fait en planche à roulettes, côte à côte et sans parler. Parce que pour nous, l'amitié des matins d'école, c'est comme ça : rouler sans parler… et quand on réussit à ne pas dire un mot, la journée se déroule plutôt bien. Il n'y a pas de problèmes.

Mais ce matin, c'est le milieu de janvier et on a de la neige jusqu'aux yeux. Pas question de rouler. On est obligés de marcher avec de grosses bottes et une tuque enfoncée par-dessus la casquette. Marcher sans parler, vous savez, c'est beaucoup plus difficile que rouler sans parler. Alors, il arrive que Ré ou moi, on dise quelque chose, une petite phrase de rien du tout, une banalité, une platitude, n'importe quoi... et voilà que les complications commencent.

Ce matin-là, j'ai juste dit:

– J'ai mal aux doigts.

Ré s'arrête et se retourne vers moi.

– T'as les doigts gelés?

– C'est pas ça... C'est la guitare.

– La guitare?

– Oui… les doigts sur les cordes, ça fait mal.

– Comprends pas.

– J'ai eu mon premier cours hier soir.

Je sors la main gauche de ma mitaine et je lui place le bout de mes doigts sous le nez. On doit avoir l'air de deux filles qui regardent un bobo. J'espère que personne ne nous observe.

– Je vois rien, fait Ré en s'approchant.

– Touche pas ! je crie.

– Ça a l'air grave, ton affaire.

– Ce matin, avant de partir pour l'école, j'ai repris ma guitare. Impossible de poser un doigt sur une corde. J'abandonne.

– Mais Yo, la guitare, tu disais que c'était le rêve de ta vie…

En entendant ça, je me tais, comme envahi par un sentiment de honte. C'est vrai, Ré a raison, depuis mon rêve avec les Black Iron Snakes au Colisée Pepsi, j'aspire à devenir guitariste. C'est un désir fou qui ne veut plus me lâcher… même si je sais qu'il faudra m'exercer pendant des heures et des heures, pendant des années probablement, avant de pouvoir maîtriser cet instrument si simple…

Imaginez! Six cordes et tout est possible. Tout ce que tu ressens, tu peux l'exprimer. Ça doit faire tellement de bien! Oui, je rêve de devenir guitariste et là, dès ma première leçon, je cherche des prétextes pour abandonner.

– Il va falloir que je me laisse pousser les ongles de la main droite et que je coupe ceux de la gauche. De quoi je vais avoir l'air? Me manucurer quasiment tous les jours, tu te rends compte, avec un petit papier sablé fin... comme madame Élyse.

– Madame Élyse?

– Mon prof de guitare.

– Une femme! Si tu veux jouer comme un *Snake*, t'aurais avantage à changer de prof.

– Est très bonne, paraît.

– Est sûrement pas capable de jouer *Coiled to crushed*, le gros *hit* des *Snakes*.

– Évidemment. Sa guitare, c'est une guitare sèche... comme la mienne.

– Sèche?

– Une guitare sans amplificateur... avec une caisse de résonance.

– Une caisse?

– Oui, tu sais, la grosse boîte avec un trou rond… la rosace.

– La rosace! On t'a refilé une guitare de fille, c'est certain.

– Tu comprends rien! C'est pas une guitare électrique, c'est une guitare classique!

– Ça, c'est d'la musique ennuyeuse. Tu vas faire rire de toi avec ta guitare plate.

– Elle est pas plate, je te dis! Ce sont les guitares électriques qui sont plates… parce qu'elles ont pas de caisse.

– Voyons donc, Yo! Y a toujours une caisse dans un groupe rock…

Soudain, on s'arrête. On ne s'est jamais si mal compris, Ré et moi. Plus on parle, pire c'est. Pourtant, on le sait: nous, moins on parle, mieux on se comprend. Mais on ne peut pas s'arrêter là.

– Écoute, Ré, madame Élyse m'a montré les différentes parties de la guitare. Elle m'a enseigné les bons mots français. Par exemple, le manche…

– Ah oui! Le manche! Ça, je comprends! C'est le bout que tu prends quand tu veux démolir ta guitare dans un show.

Il sourit et je me rends compte qu'il se moque de moi.

Enfin, on se comprend!

Le cœur apaisé, on reprend notre route en silence. Comme tous les jours, nous longeons le cimetière. Devant la grande porte, nous faisons un temps d'arrêt. Chaque pierre tombale porte un capuchon de neige. Tout est blanc et silencieux. Ça me rappelle cette nuit d'enfer avec Ré, à l'automne…

– Connais-tu ça, le *death metal*? me demande soudain Ré.

Je ne réponds pas. Si on recommence à parler, on va encore s'embrouiller. Mais il insiste.

– Dans le sous-sol, hier, chez ma cousine Nancy, j'ai vu un vidéoclip de *death metal*...

Devant mon silence, Ré poursuit:

– Un vrai film d'horreur, ce clip! À côté de ça, tes *Snakes*, c'est des anges.

Je le laisse parler.

– Le chanteur chantait pas, il beuglait. Et les guitares... c'était toujours pareil! Pendant dix minutes, rien qu'un grondement d'enfer. Le sous-sol de Nancy voulait s'effondrer... Tu dis rien?

Je ne dis rien.

– Et le batteur, en arrière, un vrai marteau-piqueur. Il piochait comme un malade à tour de bras et à coups de pied sur ses caisses ! Tout était mêlé... on aurait dit qu'il y avait pas de musique ni de paroles. Juste du vacarme.

Je ne dis toujours rien.

– Nancy secouait la tête comme une possédée. Elle s'en est même pas aperçue quand je suis parti... M'écoutes-tu, Yo ?

– Euh... je récapitulais les parties de la guitare... les sillets, les frettes, le chevalet, l'éclisse, le talon... C'est super bien fait, une guitare.

– Ça m'a l'air compliqué. Il y a des cordes, au moins, sur ta guitare ?

– Parle-moi pas des cordes ! je réponds, en pensant à mes pauvres doigts. Surtout les trois grosses en métal.

– Je suis content d'apprendre que ta guitare est pas toute faite en bois. Quand t'en parles, on dirait un gros sabot... avec une fleur dessus.

– T'es niaiseux! Y a plein de métal sur ma guitare, à part les trois grosses cordes...

– Elles sont en quoi, les trois petites?

– En nylon.

– Je l'savais! Une guitare de fille!

– Tu fais exprès ou quoi?

– Moi, j'pense que, sans métal, une guitare, ça peut pas résonner.

– Toi non plus, sans métal, tu peux pas raisonner!

Et je lui lance:

– Les clés sont en métal! T'es content, là?

– Les clés pour ouvrir la boîte ?

– Non, les clés dans la tête du manche.

– Le manche a une tête ?

– Et toi, t'en as une ? Je parle des clés pour accorder la guitare... au bout du manche !

Le voyant perplexe, j'ajoute, pour bien enfoncer le clou :

– Les frettes aussi sont en métal !

– Les frettes ?

– Oui, les frettes !

– Et les chaudes ?

Là, je m'arrête. Nous sommes rendus devant l'école. Ré sourit. Il se moque encore de moi. Son sourire est plein d'amitié. Du coup, je me rends compte à quel point la guitare me passionne.

Finalement, je n'ai plus honte du tout. Au contraire, je me sens plutôt fier. Je le sais maintenant, je n'abandonnerai pas la guitare.

– J'ai une idée! s'exclame Ré. Va montrer tes doigts au directeur et demande-lui la permission de pas écrire aujourd'hui.

Pour le dernier cours, le long doigt d'E.T. m'a indiqué Clothilde comme partenaire.

Clothilde, c'est la sœur jumelle de Justine. Mais elles ne se ressemblent pas du tout. Justine connaît la vie de toutes les vedettes pop et elle achète tout ce qu'on vante dans les revues de filles. Parfois, elle s'habille trop sexy aux yeux du directeur. Alors, elle doit porter un tee-shirt extralarge avec une inscription honteuse :

J'aime mon prof

Je le sais, je l'ai porté une fois. J'avais un look d'enfer. Mais Justine, elle, quand on lui impose ce tee-shirt-là, elle s'amuse à marcher en se tortillant, comme une *top model* dans un défilé de mode. Finalement, je la trouve niaiseuse et je suis bien content de finir ma semaine d'école avec sa sœur Clothilde, que je trouve pas mal plus intelligente… même si c'est avec elle que j'ai eu mon pire party. Depuis cette soirée-là, je l'appelle Clo et on s'aime bien… même si on se parle rarement.

Elle a apporté sa chaise près de ma table, en avant de la classe. On va travailler ensemble. Je suis content. Elle aussi, on dirait.

– Salut, Yo !

– Salut, Clo !

Avec elle, il va falloir que je sois sérieux. C'est une « bollée ». Elle ouvre son cahier. Dedans, bien entendu, tout est impeccable. J'hésite à sortir le mien. J'ai un peu honte de mes graffitis.

– J'ai pas mon cahier, je bafouille. Je l'ai oublié chez nous.

– Pas grave, me chuchote-t-elle à l'oreille. On va écrire dans le mien et je te le prêterai. T'auras qu'à copier.

Je suis un peu surpris de sa réponse et je regarde E.T., en avant, qui surveille la classe. Elle ne nous a pas entendus.

E.T., c'est Esther Taillefer. Mon pire prof. On l'appelle comme ça parce qu'elle ressemble à un extraterrestre en plastique avec un long doigt qui s'allume, qu'on a vu en anglais dans un vieux film de science-fiction. À cause de sa coiffure aplatie et de ses grandes lunettes, sa tête évoque un périscope de sous-marin qui pivote au bout d'un cou rond comme un tuyau. En général, rien n'échappe à E.T. et sa petite bouche est capable de lancer des torpilles terribles du genre :

– Yo ! Ton cahier… quel foutoir !

Foutoir ! Avec elle, j'apprends de nouveaux mots.

Clo a sorti pour moi un autre de ses cahiers afin que je fasse semblant d'écrire dedans. Armé d'un crayon, je me penche dessus pour le cacher au regard fureteur du périscope. Au bout de deux minutes, je relève la tête et je vois que celle d'E.T. est descendue derrière un livre ouvert.

Deux par deux, tous les élèves travaillent. Même Ré, au fond de la classe, se tient tranquille. Le doigt d'E.T. l'a jumelé avec Justine. Pauvre lui! Il va sentir le parfum aux bananes pendant toute la période… et entendre parler de Bredgitt Wong, la nouvelle vedette pop que j'ai vue à Times Square, à New York, la veille du jour de l'An…

Je lui passerai les réponses de Clo pour qu'il les copie, lui aussi.

En trente minutes, Clothilde a fini tout le travail. En fin de semaine, en copiant ses réponses, j'ajouterai quelques fautes pour ne pas éveiller les soupçons d'E.T.

Il reste vingt minutes avant la fin du cours. C'est incroyable: tout le monde travaille encore. Parfois, Ré, au fond de la classe, lève une tête désespérée vers moi. Toute une période avec Justine, c'est quelque chose!

– Qu'est-ce que tu fais, ce soir? me demande soudain Clo, à côté de moi.

Je sursaute presque. La tête d'E.T. se cache toujours derrière son livre, mais je sais que le périscope peut surgir n'importe quand, comme d'une boîte à surprises. Il faut être prudent. Je m'approche de l'oreille de Clo.

– Pourquoi tu me demandes ça?

– Ma sœur Justine a eu un jeu électronique à Noël. Elle n'arrive pas à le faire fonctionner. Pourrais-tu venir chez nous?

– Vas-tu être là? je demande aussitôt, car je n'ai pas envie de me retrouver tout seul avec Justine.

– Oui, oui. Je te lirai le manuel…

– Le manuel! je m'exclame. Perte de temps! Moi, j'ai juste besoin de voir le jeu pour comprendre comment ça marche.

Mais je me radoucis vite en voyant Clo qui s'attriste. J'ai vraiment le goût d'y aller. Alors j'ajoute:

– Des fois, quand même, on est obligés de regarder dans le manuel.

Du coup, elle retrouve son sourire. Je suis content.

– Je suis certaine qu'à deux, on va réussir…

– À deux! Justine sera pas là?

– Elle sort avec ses amies. Magasinage au centre commercial. Hier, à *Soft Rock Music*, elle a vu une publicité pour un nouveau parfum… *Oiseuse*!

– Oiseuse ? J'ai déjà entendu ça, ce mot-là. Ah oui ! Je me rappelle. C'est E.T. qui m'a dit, une fois, que ma question était oiseuse... J'ai pas trop bien compris.

– Oiseuse, ça veut dire inutile... ou qui ne sert à rien.

– Le parfum... il va être parfait pour ta sœur !

À ces mots, Clothilde baisse la tête. Visiblement, elle n'aime pas qu'on se moque de sa jumelle.

– Excuse-moi, Clo. Écoute, compte sur moi, je vais le faire marcher, son jeu électronique...

– Attention !!!

Brusquement, je me retourne. Au bout de son tuyau, bien au-dessus du livre ouvert, le périscope s'est arrêté sur moi. Je me vois en double dans les grandes vitres des lunettes. J'attends la torpille.

– Vous me paraissez bien oisif, monsieur Yohann.

Oisif! Encore un nouveau mot! C'est sûrement pire que oiseux, ça.

– Vous avez terminé le travail? continue-t-elle.

– Euh... non, madame. On discutait d'une question qui me paraissait... oiseuse. Mais Clothilde m'a convaincu qu'elle n'était pas oiseuse, votre question... vraiment... pas oiseuse du tout. C'est pour ça qu'on discutait.

Derrière mon double reflet sur les lentilles du périscope, les yeux d'E.T. semblent exprimer un doute sur le sérieux de ma réponse. Finalement, un sourire se dessine sur sa bouche fine et, après un ultime panoramique sur toute la classe, la tête rétractable redescend en silence derrière le livre.

Je laisse s'écouler plusieurs secondes. Je l'ai échappé belle. Clo me regarde, interloquée.

– Tu riais d'elle? me chuchote-t-elle.

– E.T. adore les mots savants… surtout les siens. J'ai tenté ma chance.

– T'aurais pu te retrouver chez le directeur.

– Pas d'danger… E.T. et moi, on s'aime bien, au fond.

Puis, changeant de sujet, je demande:

– Pour le jeu électronique de ta sœur, je viens chez toi, ce soir?

– Oui… 7 h 30.

– Finalement, c'est quoi, ce jeu?

– *Guitare Hero*, j'pense…

Là, je reste pantois!

«Pantois», c'est un autre mot que j'ai appris avec E.T., à qui il arrive souvent de rester pantoise quand je pose une question oiseuse.

19 h 30 pile.

J'ai laissé mes bottes dans l'entrée, en haut. Nerveux, je descends avec Clo dans son sous-sol. Elle m'invite à accrocher mon habit d'hiver dans une penderie, à côté d'un immense costume de souris tout éraflé. Je me rappelle: c'est le déguisement qu'elle portait au party d'Halloween. Je l'accompagnais et c'est moi qui l'ai éraflé. Masqué et tout en noir, je faisais Zorro, avec un fleuret en plastique, une moustache et un grand chapeau.

– Vraiment, Yo, t'avais fière allure, me lance Clo.

– Et toi, tu faisais une super belle souris, je réponds. Je m'excuse pour le costume.

– Pas grave. Finalement, ce party-là, c'est un beau souvenir. Je l'oublierai jamais.

Un peu gêné par les beaux yeux de Clo, je baisse la tête. Si cette conversation se poursuit, la moustache de Zorro va me repousser sous le nez... et on va encore s'embrasser.

– Il est où, le jeu de ta sœur?

– Là.

Devant le téléviseur éteint, une console est posée sur une table basse. Des fils partent dans tous les sens. Une petite guitare en plastique traîne par terre. Je m'approche et j'examine les morceaux. C'est la première fois que je vois ce jeu-là en vrai. Ça n'a rien à voir avec la guitare classique. Il n'y a même pas de cordes !

– J'ai trouvé le manuel, m'informe Clo.

Je ne l'entends pas. Déjà, je suis sur le jeu et je m'aperçois que tout est branché de travers.

– C'est ta sœur Justine qui a fait ça ?

Sans attendre la réponse, je m'évertue à refaire tous les branchements. Deux minutes plus tard, tout semble parfait. Sur l'écran du téléviseur, un dessin animé montre deux guitaristes aux allures d'extraterrestres. Leurs simagrées soulèvent les cris d'une foule en délire. Entre les deux énergumènes, sur cinq rails, des rondelles lumineuses glissent vers nous, en direction d'un fil d'arrivée. Fier de moi, j'annonce :

– Voilà, Clo, c'est prêt. Tu veux essayer ?

– Vas-y, toi.

Aussitôt, je saisis la guitare et enfile la courroie autour de mon cou. Par rapport à une vraie, l'instrument est minuscule. En plus, la courroie est trop longue. La guitare me pend plus bas que la ceinture. Madame Élyse ne serait pas d'accord avec une telle tenue. Tant pis, ce qui compte, c'est d'impressionner Clo. Alors, je me mets à la recherche du bouton pour lancer le premier morceau... et je cherche...

Finalement, un peu honteux, je me retourne vers Clo.

– T'as juste à peser sur le bouton vert, au bout du manche, fait-elle en me montrant le manuel.

Je ne sais pas ce qui m'arrive aujourd'hui, je n'arrête pas d'avoir honte. J'espère que ça achève.

J'appuie sur le bouton vert.

– Ayoye !

– Qu'est-ce que t'as, Yo ?

– Euh... rien.

J'avais oublié mes doigts. Je ne pourrai jamais jouer. Ça fait trop mal.

– Attention, Yo ! me lance Clo. La musique va commencer ! Surveille les rondelles lumineuses...

Déjà, une musique *death metal* secoue le sous-sol et, sur l'écran, une série de 12 rondelles traverse la ligne d'arrivée sans que je bouge.

– Faut que tu *clenches* avec ton pouce juste au moment où les rondelles touchent la ligne, me crie Clo.

– Oui, oui…

Heureusement, mon pouce ne me fait pas mal, lui. Je surveille la prochaine série de rondelles. Je les attends de pied ferme, celles-là. Soudain, je les vois arriver, toute une grappe en même temps…

Je les rate toutes.

– Faut qu'tu pèses aussi sur les boutons du manche, hurle Clo.

– Avec ma main gauche ? je demande innocemment.

– Évidemment, Yo... avec quoi d'autre ?

– D'accord, j'ai compris, je lui réponds, le dos à l'écran.

– Yo ! Ça continue, là !

Je dois gagner du temps. J'ai trop mal aux doigts.

– Tu sais, moi, le *death metal*, c'est pas mon fort... Tout est mêlé dans le *death*. Écoute-moi ça. Juste du vacarme. Pis les guitares, c'est toujours pareil...

– Justement ! C'est plus facile quand c'est toujours pareil... Laisse-moi essayer.

Content de me débarrasser de cet instrument de torture pour mes pauvres doigts, je lui rends la guitare, qu'elle enfile élégamment. Le morceau *death* se poursuit et je me dis qu'elle ne pourra jamais réussir une seule note... Une fille !

En effet, elle rate toute une série de rondelles. Je souris. Mais, s'appliquant pour la vague suivante, Clo se met à taper du pied au rythme du batteur... et réussit à faire exploser deux rondelles. Là, je suis déçu. En plus, elle me fait un petit sourire vainqueur.

– Y a rien là ! je chuchote entre mes dents.

Maintenant, le morceau achève et Clo, en harmonie avec la cadence, s'apprête à *clencher* l'ultime série. À l'horizon, les dernières rondelles apparaissent et s'approchent à une vitesse folle. Il y en a au moins deux douzaines, parfois trois de front. Ça va être la catastrophe !

Pas du tout. Se tortillant comme une vraie pro, Clo en fait exploser plus de la moitié en lâchant un cri de victoire. Là-dessus, le morceau *death* se termine...

Un silence de mort règne dans le sous-sol et, sur l'écran, apparaît un score de 2 %.

– T'as vu comment j'ai *clenché* la finale ? se réjouit-elle. Wow ! C'est l'*fun*, ce jeu-là ! J'suis tout énervée. On r'commence. C't'à ton tour…

Je ne savais pas que le *death* pouvait être aussi dévastateur. Je ne serai jamais capable d'en faire autant.

– Écoute, Yo, on va prendre un autre morceau… un morceau que tu connais… Ça va être plus facile. Regarde à l'écran, il y a un grand choix.

Sous mes yeux défile une liste de groupes rock. Soudain, Clo s'arrête sur…

Black Iron Snakes

Je voudrais disparaître.

– Yo, c'est ton groupe préféré! Et il y a *Coiled to crushed*, leur plus gros *hit*!

Je vais perdre connaissance. Je sens mon cœur battre jusque dans le bout de mes doigts. Clo m'enfile la guitare autour du cou. Je laisse l'instrument pendouiller lamentablement.

– Vas-y! me lance-t-elle, enthousiaste. Tout est prêt pour tes *Snakes*. T'as juste à peser sur le bouton vert. J'te conseille de danser sur le *beat* d'la *toune*... Comme ça, tu vas être plus précis avec ton pouce.

Qu'est-ce qui lui arrive? Elle me donne des conseils pour un jeu électronique. «Ça va faire, là!» j'ai envie de crier.

– Pour la main gauche, poursuit-elle, c'est facile. Les rondelles sur l'écran et les boutons sur le manche sont dans le même ordre. Avec ton index, t'as qu'à bien situer le premier bouton et le tour est joué...

«Ça va faire!» Ça gronde toujours dans mon for intérieur, mais Clo continue à parler parce que les mots me restent dans la gorge. On dirait qu'elle veut que je sois meilleur qu'elle. Évidemment, que je suis meilleur qu'elle! Tu parles! Je suis un gars! Je ne vais quand même pas lui avouer que j'ai mal aux doigts.

– Dans le manuel, ça dit que…

Là, c'est trop! J'appuie sur le bouton vert.

«Ayoye!» je fais, intérieurement. Mais trop tard! La machine est partie.

Tout de suite, je reconnais l'introduction de *Coiled to crushed*. Ça me rassure un peu. À l'écran, aucune rondelle en vue. C'est l'intro. En attendant, j'essaie de battre la mesure, comme Clo m'a suggéré. Et je tente aussi de me donner un style de rockeur pour avoir l'air au-dessus de mes affaires. Au même moment, les premières rondelles arrivent et j'ai un réflexe de gardien de but.

– Yo! me crie Clo. C'est pas du hockey!

Je me retourne vers elle et je rate toute la série suivante.

– Faut pas me parler pendant que je joue! je lui lance durement.

– D'accord, Yo… excuse-moi… mais garde les yeux sur l'écran, au moins.

Pendant ce temps, derrière moi, la machine continue à *scorer*.

« Ça va pas ben! » que je me dis. Finalement, je me retourne vers la télé… et c'est la fusillade! Une rondelle n'attend pas l'autre et je n'arrive pas à en *clencher* une seule. Mitraillé, j'ai la vue qui s'embrouille. Le feu est tellement nourri et sans pitié que je ne sais plus où me mettre. En plus, je me dandine à contretemps. Quel maladroit!

Et voilà Clo qui s'approche pour assister à ma performance lamentable. Inondé de sueur, je pèse sur n'importe quel bouton. « Ayoye ! Aïe ! Ouille ! Outch ! »... Ce ne sont pas les rondelles qui explosent, ce sont mes doigts. Quand j'essaie de ne pas utiliser les bouts, c'est encore pire. « Ça va vraiment pas ben ! » Et le solo approche. C'est moi qui vais me faire *clencher*... et pas à peu près. J'ai envie de prendre la guitare par le manche et d'assommer la télé pour qu'elle arrête de me tirer des rondelles. Clo ne regarde même plus l'écran. Elle me regarde. C'est terrible. Elle est toute proche, à ma gauche, et elle voit ma honte. Je vais m'évanouir...

Soudain, je sens sa main droite se poser dans mon dos, comme pour me calmer, puis son autre main se glisser sous ma main gauche.

– Continue avec ton pouce, Yo. Je m'occupe des boutons sur le manche.

Clothilde se met alors à sautiller au rythme des Black Iron Snakes. Et moi, impuissant, je me laisse emporter dans le tempo. On doit avoir l'air de deux pistons. Comment faire pour arrêter cette honte? Une panne électrique, vite! Mais les rondelles continuent de nous bombarder.

– Allez, Yo! Grouille-toi le pouce!

J'imagine la montagne de rondelles qui se préparent au cœur de la machine. Je connais le solo impossible qui s'en vient. Ça va être le carnage.

– Attention! me crie Clo.

Les yeux rivés sur l'écran, je concentre toute mon énergie sur mon pouce droit. Les rondelles arrivent! Elles sont là! Je dois n'être qu'un pouce... un gros pouce qui *clenche*… un pouce qui va les faire exploser, toutes ces foutues rondelles… «T'nez-vous ben!»

Et… Tac! Tac! Tac! Ta-ga-lac! Tac! Tac! Tac! Ta-ga-lac!

On en a attrapé deux!

– Bravo, Yo!

Et… Tac! Tac! Tac! Ta-ga-lac! Tac! Tac! Tac! Ta-ga-lac! Ti-ke-tac! Ta-ga-lac! Tac! Tac!

Une bonne dizaine, cette fois!

– Super, Yo!

Et… Tac! Tac! Tac! Ti-ke-tac! Ta-ga-lac! Ti-ke-tac! Tac! Tac! Tac! Ta-ga-lac! Ti-ke-ti-ke-ta-ga-lac!…

Comme ça pendant trois minutes.

Impossible de savoir combien on en a fait exploser… mais je m'en fiche. J'ai pris le rythme. Le solo achève et je connais ce qui reste, jusqu'à la finale. Maintenant, avec le pouce, c'est facile. Trop facile, même. Je peux observer Clo du coin de l'œil, qui en arrache avec ses doigts tendus au maximum et sa main qui se contorsionne dans tous les sens sur le manche pendant que moi, je n'ai qu'à agiter mon pouce ridicule. Et de nouveau, la honte m'envahit, plus forte que jamais... et mon pouce s'immobilise.

– Pourquoi t'arrêtes, Yo ? C'est pas fini.

– Ça me tente plus !

J'enlève la guitare et je m'assois sur le divan. Les bras croisés, je me renfrogne.

– Qu'est-ce que t'as, Yo ?

– J'me sens pas bien...

– T'es malade ?

– Je digère mal...

– Qu'est-ce que t'as mangé ?

«J'ai mangé une volée, voilà ce que j'ai mangé!» Mais là encore, les mots ne sortent pas. Et je me renfrogne encore plus fort, jusqu'au trognon.

Clo s'approche en silence. Elle s'assoit à côté de moi. Et je m'enserre de plus en plus dans mes bras croisés, comme pour retenir une terrible explosion.

– Avec de la pratique, tu vas t'améliorer, qu'elle me dit doucement. J'te connais, tu vas devenir le meilleur.

À ces mots, je me retourne vers Clo pour exploser! Mais mes yeux rencontrent les siens et, du coup, je m'éteins comme un pétard mouillé... et j'avoue:

– J'ai mal aux doigts.

– T'as mal aux doigts?

– C'est à cause des cordes, j'explique.

– Les cordes! Quelles cordes?

– J'apprends la guitare classique... Hier, j'ai eu mon premier cours et j'ai les doigts en compote.

– T'apprends la guitare classique, toi?

Ré me l'avait bien dit, que je ferais rire de moi. Mais là, piégé dans le regard de Clo, je dois aller jusqu'au bout:

– Je suis des cours avec madame Élyse.

– Madame Élyse! Mais c'est aussi mon prof de piano! Elle est formidable.

– C'est ce qu'on m'a dit. En tout cas, j'ai mal aux doigts.

– Yo, la guitare classique... c'est... c'est...

– C'est niaiseux, hein?

– Non, Yo! C'est super! Je suis tellement contente! Peut-être qu'on va jouer ensemble, un jour. Imagine!

Et soudain, oui, j'imagine... Je nous vois jouer ensemble !

Et du coup, je n'ai plus honte. Je me sens gonflé de fierté...

Parce que Clo, là, je le vois dans ses yeux, elle est vraiment heureuse.

DAPHNÉ

«Une idée me vient, saugrenue,
diabolique : Xavier ne peut pas
s'amouracher d'un portable, même
d'un portable multifonctionnel, c'est
indigne du genre humain. Ce serait
comme s'amouracher d'un séchoir
à cheveux ou d'une tondeuse à
gazon. Mais Xavier peut très bien
s'amouracher d'autre chose.»

Il n'arrête pas de se pavaner devant moi avec son BlackBerry flambant neuf. Pour ne rien vous cacher, il me pompe l'air.

– Tu te rends compte, Daphné, de tout ce qu'on peut faire avec ce truc ?

– Se brosser les dents, oui, se friser, se faire cuire un œuf, observer les planètes...

Xavier me regarde de travers, Xavier est désespérément imperméable à l'ironie.

– Bien mieux que ça, poursuit-il. On peut rédiger des courriels, les envoyer, en recevoir, on peut faire des appels téléphoniques en toute tranquillité sans avoir à trimballer un portable...

– Xavier ?

– ... on peut accéder rapidement à Internet, c'est pratique quand on se déplace souvent.

– Parce que tu te déplaces souvent, toi ?

– Nnnnnnnnon, mais on sait jamais. Et quelle économie de temps quand on veut organiser une réunion !

– Une réunion ?

– On contrôle les horaires, le calendrier, on a les adresses de tout le monde en mémoire, on programme toutes ses journées, heure par heure.

Il soupire de bonheur.

– Et quand je pense qu'avec un seul clic, on accède à toutes les données de l'entreprise...

– Quelle entreprise, Xavier ? De quoi tu parles ? Depuis quand est-ce que tu possèdes une entreprise ?

Il sourit toujours en contemplant le petit appareil, comme si sa vie venait de prendre un nouveau tournant. Je demande :

– Est-ce qu'on peut s'orienter dans la forêt avec ton machin ?

– Ben... non.

– Est-ce qu'on peut prédire l'avenir, savoir à quel moment disparaîtra le dernier ours polaire, prévoir la fin du monde ?

Il me toise sans ménagement. Ça y est, je viens de lui briser son jouet.

– Est-ce qu'on peut trouver la cote d'un livre dans une bibliothèque ?

– Tu comprends rien au progrès, toi ! Bientôt, on n'aura plus besoin de bibliothèques, on aura tout là, dit-il en montrant l'objet. Alors, les cotes, quelle importance ? !

Un ange passe, obèse, interminable.

– C'est pas fait pour ça, les BlackBerry, reprend Xavier. C'est juste un portable plus performant que les autres, un portable multifonctionnel, si tu préfères. Si tu comprenais comment ça fonctionne, toi aussi, tu en voudrais un. Avec tout ce que ça offre comme solutions mobiles avancées, on gagne du temps.

J'aurais envie de rétorquer : « Pourquoi toujours vouloir gagner du temps ? » Mais c'est peine perdue, je le sais. Et de quoi je me mêle, au fait? Pourquoi Xavier ne s'adonnerait-il pas, corps et âme, à sa passion technologique? Qu'est-ce que ça peut me faire, après tout? Xavier ne m'est rien, un voisin de pupitre, sans plus.

Mais quelque chose me chicote. Vous savez comment on est: il suffit qu'une place nous échappe pour qu'on ait envie de l'occuper. Je regarde Xavier couver le petit engin d'un regard tendre, presque amoureux. Il m'a complètement oubliée, il n'a d'yeux que pour le ventre luisant et bombé de son jouet en plastique. C'est ce petit détail qui déclenche tout.

Une idée me vient, saugrenue, diabolique: Xavier ne peut pas s'amouracher d'un portable, même d'un portable multifonctionnel, c'est indigne du genre humain. Ce serait comme s'amouracher d'un séchoir à cheveux ou d'une tondeuse à gazon. Mais Xavier peut très bien s'amouracher d'autre chose.

Et comme si cela ne suffisait pas, comme si l'idée ne grossissait pas à la vitesse de l'éclair dans ma tête, le voilà qui ajoute :

– Vous autres, les filles, vous êtes pas intéressées par la technologie, vous aimez juste les affaires de filles...

Je souris sans rien dire mais, à l'intérieur de moi, une armée de fantassins s'est levée, prête à l'attaque, et je pense : « Mais toi aussi, Xavier, tu peux très bien aimer les affaires de filles. Même que tu peux très bien aimer les filles...

Une, en tout cas : moi, par exemple. »

Règle numéro 1 : partager les intérêts de l'autre, les simuler au besoin.

– T'as vu ça, Xavier ?

Je dépose négligemment sur son pupitre le dernier modèle du BlackBerry annoncé en grande pompe dans les revues spécialisées en télécommunication. J'ignore totalement si le modèle 2009 diffère du modèle 2008, mais j'implore le ciel qu'une nouvelle «solution mobile avancée» soit venue l'enrichir.

Xavier fixe la revue sans un mot. Des secondes passent. Il lève les yeux vers moi, le visage défait.

– Il est beaucoup mieux que le mien, dit-il.

– Bien sûr qu'il est mieux, Xavier, mais c'est normal, tu sais à quelle vitesse évolue la technologie, aujourd'hui.

Il hoche la tête sans conviction.

– Oui, mais c'est pas pareil. Avec ce modèle-là, on peut faire beaucoup plus d'opérations et les anciennes sont simplifiées.

Il reste de longues minutes à contempler l'illustration. Son regard passe de l'objet de papier à l'objet concret, le pauvre modèle 2008 qui vient de perdre une bonne partie de ses attraits. Du coup, je me sens envahie d'une inexplicable compassion pour l'engin déchu et je m'en empare pour le soustraire au regard désapprobateur de Xavier.

– J'aimerais que tu m'expliques comment ça marche, exactement.

– Parce que ça t'intéresse, à présent ?

Règle numéro 2 : feindre l'ignorance.

– Ça m'a toujours intéressée, mais je suis tellement ignare pour tout ce qui concerne l'électronique que ça me fiche certains complexes.

Il m'enveloppe d'un regard neuf.

– Eh bien, c'est tout simple, c'est un peu comme un téléphone portable. Tu as un portable ?

– Pas encore.

– Mais alors, comment fais-tu pour téléphoner ?

La question me prend au dépourvu. Je ne le croyais pas aussi atteint.

– Eh bien, je fais comme on faisait il y a cinquante ans, j'utilise un engin noir muni d'un support et d'un combiné. Quand ça sonne, je soulève le combiné et je réponds. En général, ça parle aussi à l'autre bout du fil.

Il grimace de dégoût.

– Vous n'avez même pas de sans-fil chez vous ?

– C'est quoi, un sans-fil ?

– Ben dis donc, on part de loin.

– J'apprends vite, tu verras.

Mais il ne verra rien, bien entendu. Pour la simple raison que je n'ai pas mon pareil pour me faire lente, obtuse et maladivement allergique aux boutons.

– T'es pire que ma mère ! déclare Xavier après d'infructueuses heures de formation.

– Mais la volonté est bien là, je t'assure. Sois patient, Xavier.

Sois patient, oui, parce que tout ce temps passé à essayer de ne pas comprendre, eh bien, il sert au moins à une chose : nous sommes en train de faire plus ample connaissance, ce qui revient à dire que nous sommes en train de devenir amis, parce qu'on ne peut pas me connaître sans vouloir aussitôt être mon ami, je le dis en toute humilité.

On a donc commencé à manger ensemble le midi, à s'attendre après l'école et à rentrer ensemble.

– C'est bizarre, quand même, me dit Xavier un jour. Tu es super bonne dans presque toutes les matières, t'as l'air de comprendre les choses les plus compliquées, mais la vue d'un simple cadran muni de boutons te rend malade.

– C'est comme ça, que veux-tu? On a tous ses points faibles, pas vrai? Toi, par exemple, ton point faible, c'est quoi?

Il a réfléchi longtemps, bien trop longtemps à mon avis.

– Je peux t'aider à en trouver, si tu veux.

– Quoi? Tu connais mes points faibles?

– J'en connais au moins un. C'est pas difficile.

– C'est quoi alors?

– À part les boutons, tu t'intéresses à rien.

– Qu'est-ce que t'en sais?

– Je le vois.

– C'est pas vrai!

– Prouve-le!

– Comment?

– Je t'invite au cinéma.

– Quand?

– Samedi.

– D'accord.

Xavier avait offert de passer me prendre à la maison, ce que j'ai trouvé chouette et totalement désuet.

Un peu compliqué, aussi. Parce que les choses ont failli mal tourner. Qui, neuf fois sur dix, répond à la porte quand on sonne chez nous? Réponse: ma sœur Désirée. Et que fait Désirée à toute heure du jour et de la nuit? Réponse: elle parle au téléphone. Et pas à n'importe quel téléphone, évidemment. Elle parle à l'un des cinq téléphones sans fil que nous avons à la maison.

Le détail n'a pas échappé à Xavier.

– Alors, ça y est, vous vous êtes enfin débarrassés de vos vieux téléphones ? a-t-il demandé, une fois les présentations faites.

– Quels vieux téléphones ? a demandé Désirée.

– C'est grâce à toi, Xavier, ai-je dit, c'est grâce à tout ce que tu m'as appris en télécommunication. Avant-hier, j'ai envoyé au recyclage nos deux vieux dinosaures noirs à cadran, toute la maison est maintenant équipée de sans-fil. Désirée les aime tellement que, depuis, ils ne se quittent plus.

Ma sœur a froncé les sourcils.

– Ça n'a pas été sans peine, ai-je repris très vite. J'ai dû tout expliquer à Désirée, le principe du sans-fil, son fonctionnement… C'est pas qu'elle est lente, ma grande sœur, mais elle est tellement attachée au cadran, tu peux pas savoir.

106

Le temps que ma sœur saisisse, proteste et rétablisse la vérité, j'avais poussé Xavier dehors et nous étions en route pour le cinéma.

Tout ce que je savais du film que nous allions voir, c'était le résumé qu'on en faisait dans les journaux et qui précisait que l'action se déroulait dans une entreprise spécialisée en produits de communication de haute technologie. J'en avais déduit qu'il s'agissait d'une affaire de boutons et d'amour et que, finalement, c'est l'amour qui l'emportait sur les boutons. Compte tenu des raisons qui m'avaient incitée à inviter Xavier, je trouvais que le film pouvait servir à mes fins.

J'ai trouvé le film long et extrêmement ennuyeux. J'ai dû assister sans rien dire et sans soupirer trop fort aux performances pitoyables de deux personnages assoiffés de pouvoir qui, pendant deux heures et demie, essaient à tour de rôle de contrôler le monde à partir d'une console. À la fin, les protagonistes échappent à la robotisation des sentiments grâce à l'amour et à une panne d'électricité généralisée qui rend leurs systèmes totalement inutilisables. Ah! j'oubliais. Les personnages en question ont des puces implantées un peu partout dans le corps. Xavier était ravi.

– À part la fin, qui est désastreuse, j'ai trouvé le film super. Tu te rends compte? Communiquer aussi facilement, à une aussi grande distance, sans se voir, sans se toucher...

– Mouais...

– T'as pas vraiment aimé?

– Comme ça.

– Mais c'est gentil d'avoir choisi un film à mon goût. On dirait que tu commences à me connaître, Daphné.

Pas très difficile! À la seconde où on rencontre Xavier, l'attirance pour les boutons est la première et peut-être la seule chose que l'on saisisse de lui. Même un sourd-muet malvoyant arriverait à détecter un tel penchant.

– C'est à mon tour, a dit Xavier. Je t'invite au restaurant.

Nous voilà donc en route pour le café du coin, celui qui est situé près de l'école et où tout le monde se retrouve.

C'était la première fois que Xavier et moi nous voyions en dehors de l'école. Ça me faisait tout drôle. Déjà au cinéma, de le sentir à mes côtés, de voir son profil tendu vers l'écran, sa totale concentration pour ce qui ne m'intéressait pas, j'avais commencé à prendre conscience de ce que j'avais déclenché. Une semaine plus tôt, Xavier n'était rien et, à présent, nous regardions un film côte à côte. Qu'avions-nous en commun, lui et moi ? Comment tout cela finirait-il ?

Au café, on a retrouvé Léo, Aline et Pierre-Olivier. À leur regard, j'ai compris ce qu'ils pensaient. Il suffit de voir deux personnes se pointer dans un lieu public pour déduire qu'elles sortent ensemble.

Léo, Pierre-Olivier et Xavier ont aussitôt causé boutons et consoles, Aline m'a demandé comment le film finissait.

– Panne de courant, ai-je résumé de façon laconique. Les deux robots en profitent pour faire connaissance et se laisser submerger par l'amour.

– Et tu as gobé ça ?

– Qu'est-ce que t'en penses ?

Elle n'a rien ajouté, mais je lisais dans ses pensées : « Ben, si c'est le cas, qu'est-ce que tu fabriques au cinéma avec un

type dont la principale source d'exci-
tation dans la vie consiste à pousser des
boutons en plastique?»

Lundi matin, Xavier se pointe devant
moi, un large sourire
aux lèvres.

– On va au chalet en
fin de semaine. Mes
parents t'invitent.

La question
méritait réflexion.
L'invitation cadrait
à merveille avec
mes plans de
conquête, mais
je trouvais la

conquête trop rapide. Côtoyer Xavier à l'école était une chose, l'avoir à mes côtés pendant deux longues journées en était une autre.

J'ai accepté avec enthousiasme.

Le chalet était situé à deux heures de route, dont une sur un chemin de terre à peine carrossable qui nous obligeait à rétablir sans cesse nos assises sous peine d'être projetés les uns sur les autres. Car nous n'étions pas seuls, bien entendu. La famille de Xavier était là au grand complet: deux parents, trois garçons et une fille, sœur cadette qui, comme bon nombre de cadets, avait l'air plus gâtée et geignarde que les deux frères de Xavier réunis.

Un chalet est en général un espace exigu, avec des pièces petites et peu nombreuses. Je voyais ça d'ici : les parents de Xavier occuperaient une chambre, les trois frères une autre et la cadette, la dernière... que l'on me proposerait vraisemblablement de partager. J'ai eu chaud, tout à coup, une marée de regrets tardifs s'est abattue sur moi, avec l'envie irrésistible de casser la fenêtre de la voiture et de m'enfuir en courant.

L'arrivée au chalet a achevé de me décourager. C'était un petit cube en bois rond percé de fenêtres minuscules qui ne laissaient entrer qu'un jour parcimonieux. En un mot : j'allais étouffer là-dedans. Je suis claustrophobe de naissance, j'ai besoin d'air et d'espace pour respirer à l'aise. J'ai aussitôt regretté de ne pas avoir apporté ma tente et proposé derechef de dormir à la belle étoile.

Les parents de Xavier n'ont rien voulu entendre et m'ont aussitôt assigné ma chambre, qui était accessoirement celle… de Xavier.

Dormir dans la même chambre que Xavier !

J'avais tout prévu sauf ça. Que faire ? Que décider ? Comment accepter et, surtout, comment refuser ? De toute façon, je n'avais pas beaucoup le choix : refuser était inconvenant et me condamnait à dormir au séjour avec la cadette geignarde ou dans le lit double, encadrée par les deux frères.

Le premier moment de surprise passé, Xavier a fait comme si tout était normal. Le plus naturellement du monde, il m'a demandé de choisir entre les deux lits que comptait la chambre et a jeté son bagage sur l'autre. Il a extirpé son ordinateur de son sac à dos, l'a branché à l'unique prise de courant de la chambre à coucher et je ne l'ai plus revu de tout l'après-midi.

C'est alors que j'ai compris : les parents de Xavier connaissaient les penchants dangereux et exclusifs de leur fils pour la technologie et s'en inquiétaient. Oubliant leurs scrupules, ils se jetaient sur l'occasion qui leur était enfin offerte, moi en l'occurrence, pour détourner leur fils de ses jouets électroniques. « Ils t'invitent », avait dit Xavier. Qu'espéraient-ils, au fond ? Qu'on se rapproche sans trop se rapprocher, bien sûr, que leur fils aîné passe à autre chose, rien de moins.

J'étais prise à mon propre jeu. Les parents me laissaient les coudées franches pour agir; en retour, je devais me montrer à la hauteur et ne pas les décevoir. La responsabilité était énorme, la mission, périlleuse.

Heureusement, ce nouveau statut s'agrémentait, je dois le dire, de certains privilèges desquels je n'ai pas jugé bon de me priver.

Premier privilège: je n'avais pas à lever le petit doigt pour préparer les repas ou faire la vaisselle. J'étais l'invitée d'honneur et traitée comme telle.

Deuxième privilège: dès que je prenais la parole à table, tout le monde se taisait. Comme si une consigne avait été donnée d'écouter ce que j'avais à dire et de ne pas changer de sujet.

116

Troisième et dernier privilège : c'est moi qui choisissais l'émission de télévision. Car il y avait bel et bien une télévision, si étrange que cela paraisse.

Au début, ces avantages m'ont mise un peu mal à l'aise. Être la vedette, avoir six regards braqués sur soi presque en permanence, lire l'approbation sur les visages dès que vous prenez la parole… tout cela était assez intimidant. Mais très vite, comme il arrive partout, le naturel a repris le dessus et sérieusement atténué les fameux privilèges : la fichue cadette m'interrompait toutes les deux minutes pour me demander la signification d'un mot ou d'un autre, la télévision n'avait que deux chaînes à proposer et, dès le premier soir, j'ai spontanément offert mon aide pour la vaisselle.

Il ne s'est rien passé la première nuit. Quand je suis entrée dans la chambre, Xavier était en pyjama et me tournait le dos. Il était penché sur son ordinateur et jouait à un jeu qui m'a paru très bruyant. Nos deux lits étaient séparés par une table de chevet sur laquelle trônait une lampe en équilibre instable.

Je me suis glissée sous les couvertures, j'ai pris mon livre et j'ai essayé de lire.

– Est-ce que le bruit te dérange ? a demandé Xavier après un moment.

Oui, le bruit me dérangeait, le jeu était un jeu violent et tout ce qu'on entendait, c'était des cris et des coups de fusil.

– Ça va.

– J'ai pas sommeil, je vais continuer encore un peu, si ça te fait rien. Tu vas arriver à dormir?

– Je vais essayer.

Il n'y avait pas moyen de lire. L'ampoule de la lampe éclairait à peine. Dans la chambre voisine, on entendait les parents de Xavier parler à voix basse. Parlaient-ils de nous? Je regardais la nuque de Xavier, la courbe de son cou. De dos, c'est tout simple, il ressemblait à un vieil enfant concentré sur une babiole, en tout cas sur une chose sans importance. À un certain moment, le livre m'est tombé des mains. Ma dernière image avant de sombrer: la tête de Xavier se découpant sur l'écran de l'ordinateur.

Le programme du lendemain était chargé : promenade à cheval le matin, dîner au restaurant du village, escalade en montagne l'après-midi.

La journée s'est déroulée sans encombre. Mais tout avait changé. Extérieurement, c'était comme avant, mais une gêne opaque, lourde, s'était glissée entre Xavier et moi. Il n'osait plus me regarder en face, avait l'air embarrassé quand j'empoignais son épaule ou sa main pour grimper ou descendre de cheval, quand, en pleine ascension dans la montagne, nos corps incertains, essoufflés et gauches prenaient appui l'un sur l'autre pour ne pas tomber. Je ne connais pas grand-chose à l'amour, mais je sais reconnaître les signes. Et j'ai compris que ce que je recherchais depuis deux semaines, que le pari idiot que j'avais pris avec moi-même était gagné : Xavier ressentait quelque chose, un sentiment flou, ténu, mais bien réel. Sa tête, son esprit n'étaient plus occupés par une seule chose. Le centre de son attention s'était imperceptiblement déplacé.

Alors j'ai eu honte.

Honte d'avoir pris un tel pari, honte d'avoir osé toucher à ce noyau fragile, intime et vulnérable enfoui en chacun de nous, honte de me prêter au jeu des parents. Parce que je connaissais la suite de l'histoire. Je suis jeune mais j'ai beaucoup lu et c'est toujours la même histoire.

Le soir venu, j'ai cru bon de parler à Xavier.

– Écoute, tu le sais peut-être pas encore, mais t'es en train de tomber amoureux de moi.

Il a sursauté comme si je l'avais touché. Son expression a hésité entre le rire et la consternation.

– De quoi tu parles ?

– De la vie. Je te parle de la vie.

– Je comprends pas.

– Bien sûr que tu comprends. L'autre jour, j'ai fait un pari. C'est stupide mais c'est comme ça. T'arrêtais pas de m'assommer avec tes bidules et tes cadrans. À un certain moment, j'en ai eu assez et je me suis fait la promesse de te distraire de ta quincaillerie et de te rendre amoureux de moi.

– Mais… je suis pas amoureux de toi, Daphné.

– Je t'assure que oui. Les signes ne trompent pas.

– Les signes ? Quels signes ?

Il paraissait tellement inoffensif, clair, franc, sans la moindre arrière-pensée. Et si je me trompais ?

– Des signes. Tout à l'heure, en faisant la vaisselle, tu as touché ma main et tu t'es retiré comme si je t'avais brûlé.

– Je me souviens pas.

– Je peux pas avoir inventé ça !

– Tu te trompes, Daphné…

On a continué comme ça pendant un certain temps, moi à l'assurer qu'il m'aimait, lui à m'assurer du contraire. C'était notre premier différend, notre première chicane de non-amoureux.

– Ben tu sauras, Xavier Sicotte, que tu m'aimes, que tu le veuilles ou non. Et si je prends la peine de t'en parler maintenant, c'est parce que je veux pas que tu te fasses des idées à mon sujet et que tu souffres !

On en est restés là. La soirée s'est déroulée en famille, dans le silence le plus complet, devant un téléviseur qui diffusait une émission sans intérêt striée de longs traits noirs. Puis chacun s'est retiré dans sa chambre. Au lieu d'ouvrir son ordinateur comme la veille, Xavier s'est couché après m'avoir souhaité bonne nuit et avoir poussé la lampe de mon côté pour que je puisse lire.

J'ai lu. J'ai essayé. Même avec une tonne de projecteurs braqués sur mon livre, je n'y serais pas arrivée. Vous savez comment sont les lignes des livres qu'on essaie d'avaler, elles sautent et se dérobent dès que votre esprit préfère se balader ailleurs. À la fin, on renonce et on les laisse tomber, les livres, je veux dire. Ce que j'ai fait encore une fois.

J'ignore combien d'heures se sont écoulées. Je me suis réveillée en sursaut, avec la sensation d'une chaleur contre ma hanche. On était en automne, le chalet n'était pas chauffé et j'avais eu froid la première nuit. Mais là, non. Il y avait cette tiédeur tout près et ça sentait bon.

Xavier était penché sur moi et me regardait. Je ne distinguais pas l'expression de ses yeux, mais ils étaient grands ouverts et ne me lâchaient pas.

– Je voulais te dire quelque chose avant que le jour se lève, après je pourrai plus.

Il a fait une pause avant de poursuivre.

– Je sais pas si je suis amoureux de toi. Les filles, c'est pas évident pour moi. Je sais pas comment m'y prendre, je sais pas vraiment comment faire.

Je me suis assise dans le lit et, à mon tour, je l'ai regardé. Il avait les cheveux en bataille et le souffle court. Ce qu'il faisait là était difficile. J'ai demandé :

– T'aimes les filles ou les garçons ?

Il a haussé les épaules.

– C'est pas clair, c'est compliqué dans ma tête...

Nouvelle pause. Puis il a fait cette drôle de grimace.

– Pour l'instant, je préfère les BlackBerry, même si c'est pas vraiment ça, même si c'est juste en attendant, une distraction... Quand mes parents t'ont invitée, j'ai pas dit non, j'en avais envie, moi aussi. Mais je sais pas trop. De ton côté, c'est pas de l'amour, de mon côté non plus... En tout cas, pas encore.

On était là tous les deux, allongés dans le même lit, en train de se dire qu'on ne s'aimait pas pour de vrai mais qu'on s'aimait peut-être un peu. C'est tout de même quelque chose dans une vie : un pari stupide qui finit par être la plus belle réussite du monde. J'ai dit :

– On s'en fout, Xavier, c'est pas important. L'important, c'est qu'on est bien là, en ce moment, à cette minute précise...

Il a souri, enfin. Ses dents brillaient dans le noir.

– Ouais, on est bien.

Nous avons terminé la nuit ainsi, non pas enlacés comme deux amoureux, mais soudés l'un à l'autre dans la même chaleur, frère et sœur d'armes pour la vie.

www.triorigolo.ca

Pour t'amuser à des jeux originaux spécialement conçus à partir du monde du Trio rigolo

Pour partager des idées et des informations dans la section *Les graffitis*

Pour lire des textes drôles et inédits sur l'univers de chacun des personnages

Pour connaître davantage les créateurs

Et pour découvrir plein d'activités rigolotes

Le Trio rigolo

AUTEURS ET PERSONNAGES :

JOHANNE MERCIER – LAURENCE
REYNALD CANTIN – YO
HÉLÈNE VACHON – DAPHNÉ

ILLUSTRATRICE : MAY ROUSSEAU

1. Mon premier baiser
2. Mon premier voyage
3. Ma première folie
4. Mon pire prof
5. Mon pire party
6. Ma pire gaffe
7. Mon plus grand exploit
8. Mon plus grand mensonge
9. Ma plus grande peur
10. Ma nuit d'enfer
11. Mon look d'enfer
12. Mon Noël d'enfer
13. Le rêve de ma vie
14. La honte de ma vie
15. La fin de ma vie
16. Mon coup de génie (printemps 2010)
17. Mon coup de foudre (printemps 2010)
18. Mon coup de soleil (printemps 2010)

www.triorigolo.ca

Série Brad

Auteure : Johanne Mercier
Illustrateur : Christian Daigle

1. Le génie de la potiche
2. Le génie fait des vagues
3. Le génie perd la boule
4. Le génie fait la bamboula

www.legeniebrad.ca

Mes parents sont gentils mais...

1. Mes parents sont gentils mais... tellement menteurs!
   ANDRÉE-ANNE GRATTON

2. Mes parents sont gentils mais... tellement girouettes!
   ANDRÉE POULIN

3. Mes parents sont gentils mais... tellement maladroits!
   DIANE BERGERON

4. Mes parents sont gentils mais... tellement dépassés!
   DAVID LEMELIN

5. Mes parents sont gentils mais... tellement amoureux!
   HÉLÈNE VACHON

6. Mes parents sont gentils mais... tellement mauvais perdants!
   FRANÇOIS GRAVEL

7. Mes parents sont gentils mais... tellement désobéissants!
   DANIELLE SIMARD

8. Mes parents sont gentils mais... tellement écolos!
   DIANE BERGERON

9. Mes parents sont gentils mais... tellement malchanceux!
   ALAIN M. BERGERON

ILLUSTRATRICE: MAY ROUSSEAU